奥古斯汀

梅兰妮·瓦特 文/图　　王溦昕 译

二十一世纪出版社
21st Century Publishing House

南极

世界地图

爸爸接到一个重要电话

A.

已售

北极

南极

我叫奥古斯汀。爸爸妈妈给我起这个名字，是因为有个著名画家叫作皮埃尔·奥古斯特·雷诺阿。我住在南极，但很快就要搬到遥远的北极去了。爸爸在那里有了新工作。

　　我收好了自己所有的玩具，妈妈说我做的只不过是"冰山一角"，我们还得清空壁柜，把行李打包。我在自己的箱子上都画了紫色的星星。搬家真费事啊！

　　我会想念这个房间的。

南极机场

奥古斯汀
我们爱你!

A.

名:奥古斯汀
姓:企鹅

奥古斯汀的
行李箱

家庭套票
祝您旅途愉快!

企鹅航空公司

　　我拖着行李来到机场。该跟大家说再见了，我感到很难过。我会想念老师和朋友，想念叔叔阿姨和哥哥姐姐，但我最想念的，一定是爷爷和奶奶。

安全手册

A.

小鱼饼

洗手间

正在使用

系好
安全带

　　这可是我第一次坐飞机。一路上，我玩扑克、看电影、吃托盘里的饭……爸爸打盹儿了，我就看看窗外。去洗手间的时候，我看见有个乘客的脑袋好像伸进了云朵里。

北极机场

北极

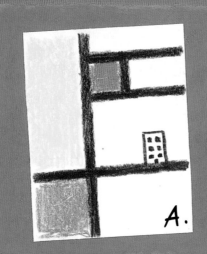
A.

问询处

饭店

　　好漫长的飞行啊，终于到了北极！我问爸爸他的办公室在哪
个楼，又问妈妈为什么这里没有企鹅。妈妈说我应该休息一下，
明天有很多事情要做。去饭店的路上，我很安静。飘舞的雪花让
我想起了南极的家。

今天搬进新家。这套房子可是我们看了八个地方才找到的。新家真像一座城堡。妈妈认为房子里的冰灯很不错，爸爸看中了它厚厚的冰地板。我呢，最喜欢它的阁楼，那是我的房间，太酷了！

琳达老师
班级留影

奥古斯汀的愿望

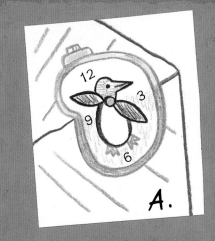

A.

奥古斯汀
我们爱你！

晚上，我怎么也睡不着。想到新学校，我有些紧张。明天是第一天上学，在这儿我还一个人都不认识呢……要是像以前那样还和朋友们一起在南极，那该有多好！

奥古斯汀

营养冰片

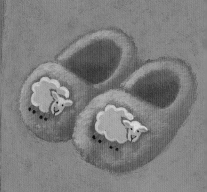

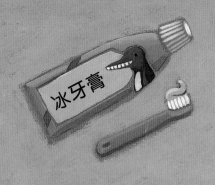

A.

冰牙膏

苹果汁

北极小学

第二天早晨，我藏了起来，但还是被妈妈给找到了。我画了一幅自画像给爸爸，告诉他，我脚底冰凉，去不了学校。妈妈把鞋子递给我，让脚暖和起来。爸爸陪我走到学校，对我说，祝你好运。我想我确实需要好运。

正方形

圆形

三角形

　　我走进教室，所有的小朋友都盯着我，不知在·小·声说着什么。新老师丽莎小·姐笑起来真好看！她把我介绍给全班同学。他们的口音，跟我的完全不一样！我僵在那里，一个字也没敢说。

这不是我的球。

A.

课间休息时，别的小朋友都去玩球了，他们笑啊，闹啊，玩得真开心。

A.

A.

A.

A.

A.

A.

A.

A.

A.

　　我一个人坐在操场边，还好有毕加索做伴儿！我用蓝色铅笔画画，把它叫做我的"蓝色课间"，毕加索也同意。

　　过了一会儿，我突然觉得周围变得很安静。咦？四周都是脚。我抬起头，看到了一张张笑脸。原来是同班的小朋友。我给他们看我画的飞机，讲从南极到这儿一路上发生的事情。

给蓝尼
A.

给琳娜
A.

给费利克斯
A.

给赛拉
A.

欢迎你，
奥古斯汀！

丽莎老师班
的全体学生

给佩屈拉
A.

给
哈利
A.

给奥斯卡
A.

给波利
A.

　　上课了！小朋友们争着抢着跟我一起画画。丽莎老师鼓励我们"展示自己"，还说下周会为我们举办一次画展。那一天早点来吧，我都快等不及了。

雪豆

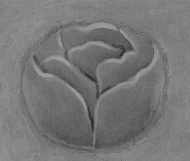

冰生菜

北极

面条汤

A.

企鹅 奥古斯汀

白雪　蛋筒

　　回到家，我给爸爸妈妈讲在新学校发生的事。爸爸说是我的画打动了大家，让我交到了新朋友。妈妈很为我骄傲。他们告诉我，下周会有特别来宾参观我们的画展。

佩屈拉

画展

主办方:
丽莎老师的班级

波利

蓝尼　　琳娜

A.

哈利

奥斯卡

赛拉

费利克斯

画展非常成功。我的新朋友、老师、爸爸妈妈都来了。最让我高兴的是，爷爷奶奶也专程赶了过来。大家都说，来到北极后，我变得更棒了！毕加索和我当然也同意！

参考画作：

皮埃尔·奥古斯特·雷诺阿 《拿着喷壶的女孩》　　文森特·凡·高 《凡·高的卧室》

格兰特·伍德 《美国哥特式》　　雷尼·马格利特 "移画印花"

彼埃·蒙德里安 《红色、黄色、蓝色与黑色构图》

克劳德·莫奈 《伦敦国会大厦》

萨尔瓦多·达利 《记忆的永恒》

爱德华·蒙克 《呐喊》

列奥纳多·达·芬奇 《蒙娜丽莎》

雷内·马格利特 《这不是一支烟斗》

巴勃罗·毕加索 《自画像》（蓝色时期）

劳伦·S·哈里斯 《勒弗鲁瓦山》

安迪·沃霍尔 《金宝罐头汤》（波普艺术画像）

亨利·马蒂斯 《伊卡洛斯》

蒲蒲兰绘本馆　　奥古斯汀

梅兰妮·瓦特 文／图　王潋昕 译

责任编辑：熊 炽　张海虹
特约编辑：马 跃
出版发行：二十一世纪出版社（南昌市子安路75号）
出版人：张秋林
印 制：凸版印刷（深圳）有限公司
版 次：2010年1月第1版　2010年1月第1次印刷
开 本：889mm X 1194mm　1/20
印 张：2
印 数：1-7,800
书 号：ISBN 978-7-5391-5330-8
定 价：24.80元